ODE
LATINE ET FRANÇOISE,
SUR LA RIVIERE
DE MARLY.
AU ROY.

A PARIS,

Chez THEODORE MUGUET, Imprimeur & Libraire
ordinaire du Roy, ruë S. Jacques, à la Toison d'Or.

MDCXCVIII.
AVEC PERMISSION.

LUDOVICO MAGNO.

AMNIS MARLICUS.

ODE.

MARLICI, nuper mea cura, Fontes
Ludicrâ quid me retinetis undâ?
Herculis Franci manibus retortus
Me vocat Amnis.

AU ROY.

DESCRIPTION DE LA RIVIERE

DE MARLY.

ODE.

Ambitieuses *Naïades*,
Qui regnés dans ces beaux lieux,
Par vos brillantes *Cascades*
Cessés d'enchanter mes yeux.
Cessés d'occuper ma *Lyre* :
A la Seine qui m'inspire,
Ie veux consacrer mes *Vers* ;
Et celebrer la puissance
De l'*Hercule* de la *France*,
Qui l'éleve dans les airs.

Machinâ ingenti violenter hauſtum
Sequanam ſurſum video moveri,
Et ſuper turrim impoſitumque monti
 Currere pontem:

Proximis Cælo remeare juſſus
Arcubus , durâ & domitus catenâ
Errat, Alpheo ſimilis, per ima
 Viſcera terræ.

Ut jugo ſpumans micat unda, credas
Mobile argentum reſilire ſulcis,
Atque lympharum ſubitò albicantem
 Creſcere meſſem.

Par une enorme Machine.
Forcé de changer son cours
Le Fleuve monte & domine
Sur les plus superbes Tours.
Mais des Cieux quittant la voute,
D'un Roy qui regle sa route,
Il suit l'ordre souverain :
Et dans le fer qui l'enchaine,
Tel qu'Alphée, il se promene
Par un chemin souterrain.

❧❀❧

Quand d'une Montagne aride
L'Onde sort à gros bouillons :
I'admire un argent liquide
Qui rejallit des sillons.
Le sein de la Terre enfante
Vne moisson plus brillante
Que les épics de Cerés :
Déja les vagues superbes
Grossissent comme les Gerbes,
Que produisent nos guerets.

Interim collis virides tapetas
Exuens, fcalas imitata curvat
Terga, faxofum rapidis daturus
    Fluctibus alveum.

Cernis ut clivo fpatietur ingens
Amnis, & præceps per iter feratur:
Montium qualis ruit evolutus
    Vertice Nilus.

Surgere undofum fcopulis Theatrum
Dixeris, fcenas ubi fylva pendens
Præbet, ac feftos agitat jocofus
    Sequana ludos.

De ſes gazons dépoüillée
Là Colline offre ſon dos,
Et ſur la roche taillée
Reçoit l'écume des flots.
Dans cette route preſcrite
La Seine ſe precipite :
Tel le Nil majeſtueux,
Sur les prochaines Campagnes,
Roule du haut des Montagnes
Ses torrens impetueux.

❀❀❀

Il ſemble que la Nature
Sur le penchant du Coteau
Dreſſe, parmy la verdure,
Vn riche Theatre d'eau :
Où s'élevant par étage
Les Ormeaux, de leur feüillage
Etalent les ornemens ;
Où la Nymphe ingenieuſe
D'une ſcene ambitieuſe
Forme les enchantemens.

Le Peri-ſtile.

Inde felices speculatus Hortos,
Arborum formas, segetemque Florum,
Et Deûm turbam stupet, & creantem
Omnia MAGNUM:

Marlicam circum fluitare vallem
Lætior, quam cum dominam per Vrbem
Ambulat victor, veterumque lambit
Limina Regum.

Là

Là suspenduë elle admire
Ces Iardins delicieux,
Où Flore tient son Empire :
Où se rassemblent les Dieux.
Elle y voit créer les arbres,
Les moissons de fleurs, les marbres
Dont ses yeux sont ébloüis :
Et croit que ces beaux spectacles
Sont les étonnans miracles
Ou des Dieux, ou de Loüis.

❧❀❧

Elle paroist plus contente
Dans ces Vallons enchantés,
Que de marcher triomphante
Dans la Reine des Cités :
Que de voir ces murs antiques,
Ces augustes Basiliques
Sieges des Arts, & des Loix ;
Et cent monumens de gloire,
Que la Paix & la Victoire
Ont consacrés à nos Rois.

B

Hîc tuas, Amnis, famulas in ufus
Regios lymphas adhibere geftis:
Hîc amas tanto properare dignam
    Principe pompam:

Sive cryftallo faliente paffim
Fontium ritu, recreas vireta:
Sive aquâ nubes imitante, pictam
    Excipis Irim.

Dulciùs rides mihi colle labens:
Non tuum limus, nec arena vilis
Turpat argentum, fpeculumque lævi
    Mobile vitro.

Là du plus grand Roy du monde
Tu secondes les desirs,
Là tu fais servir ton onde
A ses innocens plaisirs :
Soit que tes Eaux souterraines,
Se transformant en Fontaines,
Animent ces bois fleuris :
Soit que dans l'air suspenduës,
Elles imitent les nuës,
Et les couleurs de l'Iris.

❊✠❊

Mais ta liqueur argentine
Offre à mes yeux plus d'appas,
Quand du haut de la Colline
Elle descend à grands pas.
Iamais le limon, l'arene,
Ny des vents la froide haleine
Ne trouble ton pur cristal.
Vne lumineuse glace
Semble couvrir la surface
De ton superbe Canal.

Sol viam fiftens, & amore pulchri
Fluminis captus, fuper invidendo
Littore exultat, vitreâque fefe
    Pingit in undâ:

Qualis Eois faciem ferenam.
Explicat terris, pelago renafcens
Cum regit currus rofeos, diemque
    Dividit Orbi.

Aureis Phœbi radiis refulgens
Sequana, infignes age nunc triumphos:
Te colunt Nymphæ dominum, & vométes
    Flumina phocæ.

Le Soleil sur ton rivage
Se repose pour te voir ,
Et retrace son image
Dans ton liquide miroir.

Là cet Astre aime à paroistre ,
Tel que Thetis le voit naistre
De l'humide sein des Mers :
Lors qu'il ouvre sa carriere ,
Et partage sa lumiere
Aux peuples de l'Vnivers.

❧❧❧

O Seine trop fortunée ,
Qui des rayons du Soleil
Es richement couronnée ,
Triomphe en cet appareil.
Toutes les Nymphes sans peine
Te reconnoissent pour Reine :
Et par le bruit des Ruisseaux

Que tant de Monstres vomissent ,
On diroit qu'ils applaudissent
A la Deesse des Eaux.

Non tibi certet Tagus uber auri,
Non fcatens gemmâ rutilante Ganges,
Fluminum non rex Padus, uda ftellis
    Tempora cinctus.

Clara tu fedes & imago Solis,
Undique infufos tibi lucis ignes
Spargis: hinc omnis Domus, hinc corufcat
    Aurea Vallis.

Le Gange, l'Inde & le Tage,
Qui roulent l'or fur leurs bords,
N'ont plus fur Toy l'avantage
Par l'eclat de leurs trefors.
Le Roy des Fleuves luy-même
Orné de fon Diadème
L'Eridan eft moins pompeux :
Et dans la Voute azurée
Iamais fa tefte dorée
Ne brilla de tant de feux.

❧✠❧

Fidele depofitaire
Du brillant Flambeau du jour,
C'eft Toy, de qui l'onde eclaire
Ce delicieux fejour.
Là du pere de l'Aurore,
Sur les richeffes de Flore,
Ton criftal répand les traits :
Les vifs rayons qu'il renvoye,
Et de lumiere & de joye
Rempliffent tout le Palais.

Sed novos felix meditare faſtus:
Tu triumphanti mora LUDOVICO
Grata : tu dulces repetentis hortos
    Summa voluptas:

Nempe pacati bonus ille mundi
Arbiter, frontemque oleâ revinctus,
Ad tuas captat revocata Terris
    Otia ripas.

FRANCISCUS BOUTARD.

Mais tu dois estre plus fiere
Des honneurs dont tu joüis:
Tu plais „heureuse Riviere,
Moins au Soleil qu'à LOVIS.
Dés qu'en étouffant la Guerre,
Cet Arbitre de la Terre
A terminé ses travaux :
Le front couronné d'Olive,
Il vient goûter sur ta rive
Les doux charmes du Repos.

F. BOUTARD.

C

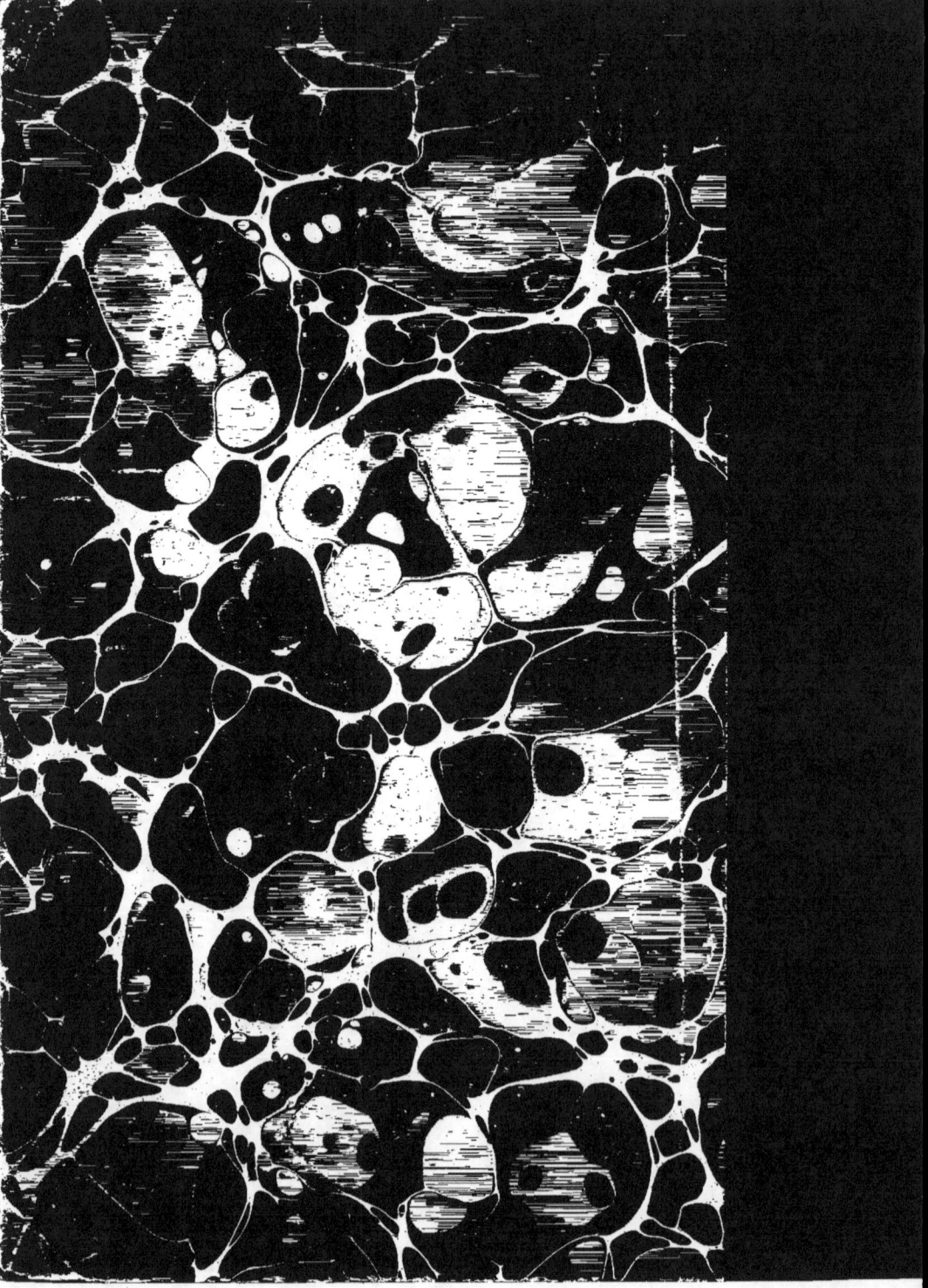